TABLEAUX

AQUARELLES

Pastels et Dessins

COMMISSAIRE-PRISEUR	EXPERT
Me ESCRIBE	**M. BERNHEIM** jeune
6, rue de Hanovre, 6	8, rue Laffitte, 8

CATALOGUE

DES

TABLEAUX

PAR

De Beaumont, Jean Béraud, Berne-Bellecour, Bonvin, Bouguereau
Chavet, Corot, Debat-Ponsan, Eugène Delacroix
Diaz, M. Domingo, Jules Dupré, Feyen-Perrin, Huguet, Ch. Jacque
Jongkind, Metzmacher, Monginot, Palmaroli
Vibert, Vollon, Ziem, etc., etc.

AQUARELLES. PASTELS ET DESSINS

Par Couture, Decamps, de Dreux, Fichel, B. C. Kœkkœk
Jules Lefebvre, Meissonier
Pasini, Eug. Verbœckoven, Voillemot, etc., etc.

OBJETS MOBILIERS

DONT LA VENTE AURA LIEU

HOTEL DROUOT, SALLE N° 2

Le Lundi 1er Avril 1889

A 2 HEURES

Pour les Tableaux, Aquarelles et Dessins

Et le Mardi 2 Avril 1889

A 2 HEURES

HOTEL DROUOT, SALLE N° 10

POUR LES OBJETS MOBILIERS

Par le Ministère de **Me ESCRIBE**, commissaire-priseur
6, rue de Hanovre, 6

Assisté de **M. BERNHEIM jeune**, expert
8, rue Laffitte, 8

EXPOSITION PUBLIQUE

Le Dimanche 31 Mars 1889, de 1 heure 1/2 à 5 heures 1/2

Ce Catalogue se distribue à Paris :

Chez **Mᵉ Escribe**, commissaire-priseur,

6, rue de Hanovre, 6

Chez **M. Bernheim jeune**, expert,

8, rue Laffitte, 8

CONDITIONS DE LA VENTE

Elle sera faite expressément au comptant.

Les acquéreurs payeront, en sus de leur adjudication, *cinq pour cent* applicables aux frais.

L'exposition mettant les acquéreurs à même de se rendre compte des objets vendus, aucune réclamation ne sera admise une fois l'adjudication prononcée.

Paris. — Imprimerie de l'Art. E. Ménard et Cie, 41, rue de la Victoire.

DÉSIGNATION DES OBJETS

TABLEAUX

BARZAGHI (A.)

1 — *Jeune Femme.*

Haut., 33 cent.; larg., 22 cent.

BEAUMONT (F. De)

2 — *Le Rendez-vous.*

Haut., 44 cent.; larg., 58 cent.

BLANCHARD

3 — *Le Roi de Naples.*

Haut., 1 m. 93 cent.; larg., 1 m. 30 cent.

BLANCHARD

4 — *La Reine de Naples.*

Haut., 1 m. 93 cent.; larg., 1 m. 30 cent.

BÉRAUD (JEAN)

5 — *Une Loge pendant un entr'acte.*

Important tableau de cet artiste.

Haut., 45 cent.; larg., 36 cent.

BERNE-BELLECOUR

6 — *Au repos.*

Haut., 16 cent.; larg., 12 cent.

BLOCK (E. DE)

7 — *Intérieur flamand.*

Haut., 16 cent.; larg., 13 cent.

BOMBLED

8 — *L'État-Major.*

Haut., 25 cent.; larg., 55 cent.

BONVIN (F.)

9 — *Fruits.*

Haut., 38 cent.; larg., 46 cent.

BOUGUEREAU (W.)

10 — *Rêverie.*

Forme ovale.

BRUNERI (F.)

11 — *La Conversation.*

Haut., 30 cent.; larg., 22 cent.

BUZZI

12 — *La Lettre.*

Haut., 40 cent.; larg., 28 cent.

CAUCHOIS (H.)

13 — *Bouquet de fleurs.*

Haut., 22 cent.; larg., 34 cent.

CAUCHOIS (H.)

14 — *Fleurs.*

Haut., 60 cent.; larg., 40 cent.

CAUCHOIS (H.)

15 — *Fleurs.*

Haut., 60 cent.; larg., 40 cent.

CAUCHOIS (H.)

16 — *Une Forêt.*

Haut., 36 cent.; larg., 52 cent.

CHAVET (V.)

17 — *Le Peintre.*

Haut., 55 cent.; larg., 46 cent.

CHAVET

18 — *Coquetterie.*

Haut., 35 cent.; larg., 25 cent.

CONTI (A.)

19 — *La Mort du serin.*

Haut., 24 cent.; larg., 15 cent.

COROT

20 — *Paysage.*

Première manière.

Haut., 25 cent.; larg., 32 cent.

CUNY (E.)

21 — *La Toilette.*

Haut., 1 m. 10 cent.; larg., 65 cent.

DEBAT-PONSAN (E.)

22 — *Une Rencontre.*

Haut., 64 cent.; larg., 93 cent.

DE BRACKELEER

23 — *Intérieur flamand.*

Haut., 22 cent.; larg., 28 cent.

DELACROIX (EUGÈNE)

24 — *Cromwell dans le château de Windsor.*

Ayant retourné par hasard un portrait de Charles Ier, il tombe à cette vue dans une méditation profonde; il oublie qu'il a un témoin qui l'observe : c'est un espion du parti royaliste qui a obtenu accès auprès de lui.

Salon de 1831.

Collection du duc de Fitz-James. Vente B..., de Bruxelles. Mars 1884.

Haut., 36 cent.; larg., 27 cent.

DIAZ (N.)

25 — *Le Baptême du fils.*

Haut., 15 cent.; larg., 22 cent.

DOMINGO (M.)

26 — *Soldats du premier Empire.*

DONAT

27 — *Paysage.*

Haut., 27 cent.; larg., 45 cent.

DONAT

28 — *Tête de jeune femme.*

Haut., 20 cent.; larg., 15 cent.

DOUCET

29 — *Tête de jeune femme.*

Haut., 20 cent.; larg., 15 cent.

DUMONT

30 — *Un Gentilhomme.*

Haut., 1 m. 10 cent.; larg., 78 cent.

DUPRÉ (Jules)

31 — *Le Pêcheur.*

Effet de soleil couchant.

Haut., 27 cent.; larg., 36 cent.

DUVÉE (H. Y.)

32 — *Petite Fille.*

Haut., 15 cent.; larg., 11 cent.

DUVIEUX

33 — *Jardin à Venise.*

Haut., 12 cent.; larg., 15 cent.

FEYEN-PERRIN

34 — *Vanneuse de Cancale.*

Étude.

Haut., 52 cent.; larg., 35 cent.

FEYEN-PERRIN

35 — *Petite Mendiante.*

Haut., 41 cent.; larg., 27 cent.

FEYEN-PERRIN

36 — *Paysanne.*

Haut., 26 cent.; larg., 20 cent.

FEYEN-PERRIN

37 — *Le Repos.*

Haut., 38 cent.; larg., 34 cent.

FEYEN-PERRIN

38 — *Italienne.*

Haut., 52 cent; larg., 31 cent.

*

FEYEN-PERRIN

39 — *Femme nue.*

Haut., 30 cent.; larg., 22 cent.

GUDIN

40 — *Marine.*

Haut., 6 cent.; larg., 9 cent.

GUDIN

41 — *Marine.*

Haut., 6 cent.; larg., 9 cent.

HEULLANT (A.)

42 — *Idylle.*

Haut., 93 cent.; larg., 52 cent.

HUGUET (V.)

43 — *Souvenir d'Orient.*

Haut., 24 cent.; larg., 32 cent.

JACQUE (Ch.)

44 — *Le Pâturage.*

JONGKIND

45 — *La Maison des Orphelins, à Laye sur le Rhin.*

Haut., 24 cent.; larg., 32 cent.

KNARREN (P.)

46 — *Dans le parc.*

Haut., 23 cent.; larg., 18 cent.

KREYDER (A.)

47 — *Aubépines.*

Haut., 28 cent.; larg., 58 cent.

KREYDER

48 — *Églantines.*

Haut., 28 cent.; larg., 58 cent.

KRUZEMAN (D.)

49 — *Environs d'Amsterdam en hiver.*

Haut., 24 cent.; larg., 32 cent.

KRUZEMAN

50 — *Hiver en Hollande.*

LAMBERT (A.)

51 — *Bords de l'Oise.*

Haut., 48 cent.; larg., 80 cent.

METZMACHER (E.).

52 — *La Jeune Mère.*

Haut., 68 cent.; larg., 48 cent.

MIRALLES (T.)

53 — *Coquetterie.*

Haut., 81 cent ; larg., 65 cent.

MONGINOT (C.)

54 — *Jeune Chat.*

Haut., 31 cent.; larg., 45 cent.

MUSIN (A.)

55 — *Marine.*

Haut., 52 cent.; larg., 80 cent.

PALMAROLI (V.)

56 — *Au bord de la mer.*

Haut., 76 cent.; larg., 50 cent.

PECRUS (E.)

57 — *La Musique.*

Haut , 34 cent.; larg., 24 cent.

PECRUS (E.)

58 — *La Peinture.*

Haut., 34 cent.; larg., 24 cent.

PIOTROWSKI (A.)

59 — *Environs de Cracovie.*

Haut., 24 cent.; larg., 36 cent.

ROULLET (G.)

60 — *Une Pagode déserte au Tonkin.*

Haut., 47 cent.; larg., 65 cent.

SCHAMPHELER

61 — *La Moisson.*

Haut., 18 cent.; larg., 30 cent.

SEGHERS (E.)

62 — *Intérieur.*

Haut., 16 cent.; larg., 22 cent.

STEWART (J. L.)

63 — *Méditation.*

Haut., 60 cent.; larg., 50 cent.

VANSEVERDONCK (F.)

64 — *Moutons au pâturage.*

Haut., 20 cent.; larg., 24 cent.

VERVÉE (L. P.)

65 — *Le Taureau et le Chien.*

Haut., 28 cent.; larg., 34 cent.

VIBERT (J. G.)

66 — *Un Cardinal.*

Haut., 17 cent.; larg., 18 cent.

VILLA (E.)

67 — *La Châtelaine.*

Haut., 28 cent.; larg., 20 cent.

VISCONTI (F.)

68 — *Fleurs.*

Haut., 90 cent.; larg., 72 cent.

VISCONTI (F.)

69 — *La Forêt.*

Haut., 36 cent.; larg., 52 cent.

VOLLON (A.)

70 — *Nature morte.*

WASHINGTON (G.)

71 — *La Caravane.*

Haut., 45 cent.; larg., 62 cent.

WILLEMS (H.)

72 — *Le Petit Chien.*

Haut., 33 cent.; larg., 24 cent.

ZIEM

73 — *Vue du Bosphore.*

AQUARELLES, PASTELS ET DESSINS

AMADO (R.)

74 — *Le Parc.*

Aquarelle.

BONNINTON

75 — *Cheval.*

Dessin.

CAROSELLI

76 — *Espagnole.*

Aquarelle.

COUTURE (R.)

77 — *Tête de jeune fille.*

Dessin.

DAUMAS

78 — *La Fille du brigand.*

Aquarelle.

DECAMPS

79 — *Un Guerrier.*

Sépia.

DE DREUX

80 — *Amazone.*

Aquarelle.

DETTI

81 — *L'Éducation du chien.*

Aquarelle.

FICHEL

82 — *Seigneur Louis XV.*

Aquarelle.

FICHEL

83 — *Seigneur Louis XV.*

Aquarelle.

GARI

84 — *La Lettre.*

Aquarelle.

HELLQUIST

85 — *Un Fumeur.*

Dessin.

KŒKKŒCK (B. C.)

86 — *Vue de Hollande.*

Dessin.

LEFEBVRE (Jules)

87 — *Ivonne.*

Dessin.

LETEURTRE (F.)

88 — *Gien (Loiret).*

Aquarelle.

LETEURTRE

89 — *Gien (Loiret).*

Aquarelle.

LETEURTRE

90 — *Brie-Comte-Robert.*

Aquarelle.

LETEURTRE

91 — *Mont-Saint-Père.*

Aquarelle.

MEISSONIER (E.)

92 — *Un Combat.*

Ébauche au crayon, rehaussée d'aquarelle.

MEISSONIER (E.)

93 — *L'Attaque.*

Ébauche au crayon, rehaussée d'aquarelle.

MÉRY (E.)

94 — *Oiseaux et Abeilles.*

Pastel.

OUVRIÉ (Justin)

95 — *Paysage.*

Aquarelle.

PASINI

96 — *Un Guerrier.*

Dessin.

REYNAUD (F.)

97 — *Porteur d'eau.*

Aquarelle.

SAUVAGE

98 — *La Coiffure.*

Aquarelle.

TEN KATE (H.)

99 — *L'Ivrogne.*

Aquarelle.

VERBŒCKOVEN (Eug.)

100 — *Un Pâturage.*

Important dessin au crayon.

VERBŒCKOVEN (Eug.)

101 — *Moutons.*

Crayon.

VERBŒCKOVEN (Eug.)

102 — *Chiens.*

Dessin.

VISSEC

103 — *Treize aquarelles : vues de Hollande et de Belgique.*

VOILLEMOT

104 — *Rêverie.*

Aquarelle.

MOBILIER

Bel ameublement de chambre à coucher en bois noir sculpté et thuya, composé de : une armoire à trois portes à glace, un grand lit de milieu, deux tables de nuit, une table de milieu à volets, une grande glace.

Ciel de lit en bois noir et thuya avec garniture et rideaux en satin marron et velours frappé ; deux garnitures de croisées, à têtes flamandes, en mêmes étoffes.

Une chaise-longue, un fauteuil et une chaise en satin marron.

Très bonne literie.

Ameublement de salle à manger en bois noir sculpté

et thuya, composé de : deux buffets à étagères, une table à sept allonges et huit chaises couvertes en drap et une garniture de fenêtre en drap de billard.

Table de milieu et console en marqueterie de Boulle. Lits, buffet à crédence et table à manger en acajou.

Deux glaces avec cadres dorés à fronton, style Louis XVI ; plusieurs autres glaces.

Belle garniture de cheminée en bronze doré, style Louis XVI, composée de : une pendule et deux candélabres.

Autre garniture de cheminée en bronze poli, style Louis XV, composée de : une pendule et deux candélabres.

Lustre en cristal et bronze, lustre en cristal, lampe à gaz pour antichambre en bronze doré.

Six plats flamands en cuivre de diverses dimensions.

Tapis d'appartement et d'escalier.

Lits de fer et literie.

Meubles et sièges de jardin, calorifères, ustensiles de cuisine.

Objets divers.

www.ingramcontent.com/pod-product-compliance
Ingram Content Group UK Ltd.
Pitfield, Milton Keynes, MK11 3LW, UK
UKHW020227180726
13838UKWH00005B/2239

9 782329 416281